L'HERMITAGE,

ROMANCE

IMITÉE DE L'ANGLOIS.

Par M. FEUTRY.

A SOISSONS,

Et se trouve à Paris
AUX ADRESSES ORDINAIRES.

M. DCC. LXVIII.

A ſes loix, tant rebelles,

Apprenez, ô vous belles,

Que l'amour outragé

Tôt ou tard eſt vengé.

Rec. d'anc. Poetes.

L'HERMITAGE,

R O M A N C E

IMITÉE DE L'ANGLOIS.

Sur l'Air de la Romance de Gabrielle de VERGY.

NON moins secourable qu'austère,

    Hermite, qui connois ces lieux,

Dans cette route solitaire ;

Viens, guide un être malheureux :

Le jour tombe, & cette bruyère,

Semble s'allonger sous mes pas ;

Conduis-moi vers cette lumière

Qui jette au loin quelques éclats.

Ah ! dit l'Hermite charitable ,
Crains les Phantômes de la nuit ;
Mon fils , leur lueur redoutable
Aux précipices nous conduit :
J'apperçois les nuages sombres
Qui viennent tout décolorer,
Crains de rencontrer dans les ombres
Des loups prêts à te dévorer.

Suis-moi, ma Cellule est tranquille ;
Prens-y quelques repos en paix :
A celui qui cherche un azile
Elle ne se ferme jamais.
Ma provision est petite ,
Quoiqu'au travail peu négligent ;
Mais j'ai le plaisir , sans mérite ,
D'en faire part à l'indigent.

Accepte un repas fur la mouffe

Qui te fervira de coucher ;

L'aife , à la Ville , fuit , s'émouffe ,

Et l'aife ici vient me chercher.

J'admire & goûte la Nature ;

Le calme régne dans mes fens :

Pour tous vœux , j'offre une ame pure ,

Et le Ciel reçoit mon encens.

Je vis de légumes & d'orge ,

Que de mes mains j'ai préparés ;

Et mon couteau jamais n'égorge

L'agneau qui bondit fur les prés :

Inftruit par cet Être fuprême

Qui fans ceffe veille fur moi ;

D'épargner une mouche même

Je me fuis impofé la loi.

A iij

Je vais cueillir, dans ces montagnes,

Des fruits offerts à tout mortel ;

Et je trouve, aux bords des campagnes,

Des fleurs dont je forme un Autel :

Une source fraîche & limpide

Fait ma salutaire boisson ;

Mon bain est un ruisseau rapide

Durant la brûlante saison.

O jeune voyageur ! dissipe

Un moment ton cruel chagrin ;

Écoute, & retiens ce principe :

Rien ne doit troubler notre sein.

Nos besoins, moins grands qu'on ne pense,

Par la Nature sont comptés ;

Et si l'on croit manquer d'aisance,

C'est pour des jours bien limités.

Telle une célefte rofée
Mouillant les arides fillons,
Ranime la Terre expofée
A voir détruire fes moiffons ;
Les paroles du Solitaire
Ainfi pénétrent dans fon cœur :
L'Étranger ému fuit le Père
Vers cet azile du bonheur.

De cette folitude agrefte
L'abord eft de pénible accès ;
Enfin la demeure modefte
Préfente fon ombrage frais.
Par un fimple cordon mi-clofe
La porte s'ouvre à l'Étranger ;
Sur un humble banc il fe pofe
Attendant qu'il ait à manger.

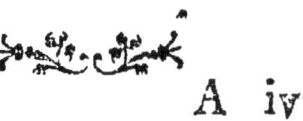

A iv

Soudain la cendre s'éparpille ,

Le feu perce , s'attache au bois ;

Le fagot délié pétille ,

La lampe éclaire les parois :

Bien-tôt une table frugale

Se couvre de miel & de fruits ;

De son mieux , l'Hermite régale

Son hôte dévoré d'ennuis.

Pour tromper sa mélancholie ,

Le Père , employant vingt moyens ,

Conte·plusieurs traits de folie

Des Chevaliers des tems anciens :

Une chatte souple & folâtre

Semble, à ses jeux , saisir ce but ;

Par leurs cris, les grillons de l'âtre

A leur tour portent leur tribut.

Hélas ! dans la grande détreſſe,

Rien ne diſtrait de nos malheurs ;

Du jeune homme l'ame s'oppreſſe ,

Et ſes yeux ſe baignent de pleurs.

L'Hermite, touché de ſes larmes ,

L'engage à prendre du repos ,

Et lui dit : Calme tes allarmes ,

Daigne me confier tes maux.

D'une habitation heureuſe ,

Es-tu , ſans cauſe , rejetté ?

Par une paſſion trompeuſe

Ton cœur ſeroit-il tourmenté ?

Mon fils , les dons de la Fortune

Sont périſſables comme nous ;

Celui que leur ſoif importune

Mérite un rang parmi les foux.

Qu'eft-ce que l'amitié ?... chimère ;
Un nom vain, prophané, douteux :
C'eft l'ombre du deftin Profpère ,
Mais qui fuit l'homme malheureux.
L'amour n'eft chofe plus réelle ;
La beauté fière en fait un jeu :
C'eft pour la feule tourterelle
Que s'eft confervé ce beau feu.

Adolefcent, tendre & timide
Que ta raifon faffe un effort ;
Méprife ce sèxe perfide
Qui produit la honte & la mort.....
A ces mots, une rougeur vive
Couvre le front de l'Étranger ;
Et fa contenance craintive
Montre qu'il redoute un danger.

Bien-tôt une pâleur mortelle
Succède à l'éclat de son teint ;
Il tremble, soupire, chancèle,
Il tombe, & son regard s'éteint.
Le Père, toujours secourable,
Va porter la main sur son cœur ;
O surprise !... Une fille aimable
Se trouve être le voyageur.

Hélas ! dit la belle affligée,
Pardonne à mes pressans besoins ;
Eux seuls vers toi m'ont dirigée,
Je te rends graces de tes soins :
Pardonne, si mon pied prophane,
Franchit le seuil de ce saint lieu ;
Je crains de souiller la Cabane
Où tu résides avec Dieu.

Prens pitié d'une jeune fille

Dont l'amour caufe tous les maux ;

Et qui délaiffe une famille

Pour aller quérir du repos.

Je fuis née aux bords de la Lyme ; *

Mon Père eft un Seigneur puiffant :

Vois la profondeur de l'abîme

Où fe jette fa feule Enfant.

* Petite Riviè-re d'Angleterre, en Dorfetshire. Elle a donné fon nom à une Ville qui a un Havre, à 40 lieues S. O. de Londres,

Des partis nombreux & fortables

S'offroient pour obtenir ma main ;

Une foule de gens aimables

Formoit ma cour dès le matin :

Chaque jour , la troupe galante

Signaloit fes feux par des chants ;

D'Edwin la conduite prudente

A pu feule affeêter mes fens.

De fa paffion vertueufe

Le but ne m'étoit point fufpeſt ;

Son ardeur, quoiqu'impétueufe,

Se renfermoit dans le refpeſt :

Le voyant toujours fans parure,

De le fuir on me fit la loi ;

Mais fon ame étoit riche & pure,

Et cette ame étoit toute à moi.

Je l'aimois, &, par un caprice

Que je ne faurois concevoir,

Je me faifois de fon fupplice

Un plaifir barbare, un devoir :

Enfin me trouvant infléxible,

Ce malheureux, découragé,

Viſtime d'un cœur trop fenfible,

Quitta tout fans prendre congé.

On dit qu'en la forêt prochaine
Il a fini son triste sort ;
Cher Edwin ! . . . Rigueur inhumaine ! . . .
Je veux l'expier par ma mort.
Adieu, je vais chercher sa tombe ;
Je veux la trouver aujourd'hui :
O regrêts amers ! . . . je succombe . . .
Oui, c'en est fait, mourons pour lui.

Non, non, s'est écrié l'Hermite,
En la serrant entre ses bras . . . . .
(Mais la Belle en frayeur s'agite,
Le reconnoit, & ne fuit pas . . . . .)
Regarde-moi, chère Angéline,
Moi qui t'aimai si tendrement !
Vois l'amant qu'une main divine
T'offre pour finir ton tourment.

Nous fommes rendus l'un à l'autre ;
Que l'Amour nous dicte fa loi :
Quel bonheur furpaffe le notre !
Tu m'appartiens, je fuis à toi.
Que mon ame fente la tienne ;
Tu deviens ma terre & mes cieux :
Eft-il bien vrai que je te tienne ! . . .
Oui, j'en crois mon cœur & mes yeux.

A nous chérir paffons la vie ,
Rien ne pourra nous féparer ;
N'ayons jamais nulle autre envie :
L'Amour vient de tout réparer.
Quand la Mort à qui rien n'échape ,
Viendra terminer tes beaux jours ,
Qu'alors le même trait me frape ,
Et nous rejoigne pour toujours.

F I N.

E N V O I

❖❖❖❖❖❖❖❖❖❖❖❖ ❖❖❖❖❖❖❖❖❖❖❖

ENVOI A MONSIEUR L. P.

Toi qui, dans ta *Café* champêtre, *
Cent fois plus qu'*Edwin*, généreux,
Comme un ami, daignes admettre
Son Hiftorien *défaftreux ;*
Reçois ce fimple & pur hommage,
Tracé dans ce *Boudoir* charmant :
Un autre auroit un beau langage ;
Moi, je n'ai que le fentiment.

---

* Petit Pavillon ifolé, à un quart de lieue de S.....
fur le chemin de R..... prefque au fommet d'un côteau
élevé, qui, formé par la nature en un vafte Amphithéatre,
donne au loin une vue admirable. M. L. P. a nommé cette
retraite *la Chaumière*, parce qu'en effet elle eft couverte de
Chaume. Cet agréable azile lui fert de *Mufæum*, dans le peu
de momens de loifir que lui laiffent fes travaux importans.

NOTE DE L'ÉDITEUR.

On affure que cette Hiftoire eft arrivée en Angleterre, vers la fin du dernier fiècle. On croit devoir
faire obferver que, cet Hermite volontaire étant
rentré dans le monde & fa Maitreffe, ayant enfin
obtenu l'aveu de fon Père, leur Mariage fe fit pu-
bliquement & avec pompe, ce qui eût été ridicule
de détailler dans une Romance. Ils firent enfuite
bâtir un Château non loin de cet Hermitage, pour
ne jamais perdre de vue la fource de leur bonheur.

Vu. Permis d'imprimer. A Soiffons, ce 20 Juin 1768,
figné DECAISNE.

De l'Imprimerie des Frères WAROQUIER. 1768.